野の花のしずく

高橋 暁子 詩集

竹林館

詩集　野の花のしずく

目　次

Ⅳ　旅

カバー・扉写真　江崎幹秀

Ⅰ　野の花と散歩道から

からすのえんどう

春になると
ちいさな赤い
からすのえんどうの花が咲く

ちいさな
えんどう豆の
さやのなかには
豆が十二　並んでいる

夢ふくらませて
手のひらで
豆粒をかぞえていた

おさないころ
あたたかな　陽がさす
畑の石段のうえで

葡萄《えび》色の花

嵐山の天龍寺塔頭《たっちゅう》
宝厳院の　茅葺き門をくぐり
静寂に包まれた
獅子吼《ししく》の庭を歩く

ふっくらと咲く
石楠花《しゃくなげ》のそば

低い枝ぶりの　うす緑の葉上に
葡萄色の　まるいつぼみが
いくつか　艶やかに
ひかっている

少し高い枝には
天を仰いで
ゆっくりと
ひらきかけた　花びら

一瞬
時が止まったように
花のたたずまいに
こころひかれた

しばらく　日が過ぎて
ようやく　花の名を知る
赤花蝋梅《あかばなろうばい》
初夏に咲く蝋梅

茶畑の風

山の頂《いただき》には
ぽっかり白い雲
さわやかな秋の空気を吸い込む

坂道を上り詰めたところに
茶畑が一望できる眺め
みどりの波に　風がわたる

手を伸ばせば
秋番茶の新芽が
柔らかく伸びている

人影のない　静かな午後
里山の豊かさにふれ
たたずむ

＊和束町は、宇治茶の生産において八百年の歴史がある。

秋の野道を歩くと

秋の野道に
紅色の　たでの花
こぶりのヨメナも
咲いている

さらに歩くと
せせらぎのそばに
いちりんの
りんどうの花
今年も会えてよかった

さりげなく　束ねれば
秋があつまって
深い色合いに
わたしは　つつまれる

いちょうの葉のしおり

古い詩集を開くと
いちょうの葉が
はさんであった
色褪せず　黄色いまま

それは　黄金色にそまる
街路樹の道で　ひろった
いちまいの　いちょうの葉

よみがえる　秋の日の思い
何度も読み返した
詩のフレーズ

時は　ゆっくりと
思い出を　セピア色に
かえてゆく

過去と現在《いま》を　行き来する
いちょうの葉のしおりに

また　いつか
そう語りかけ
古い詩集を　そっと閉じる

雨上がりの紅葉
――妙心寺　桂春院にて

冷たい雨がふっていた

行燈ひとつしかない
暗がりの茶室で
抹茶をいただく
器も抹茶の色も
ほとんど見えない

訪れる人も　とぎれたころ
しだいに雨はあがり
木の間から　光がさしこみ

色づいたかえでの葉が
しずくに映え
紅い花のように　華やいだ
ひとときの晴れ間ののち
また冷たい雨がふりだした

＊妙心寺には四十六もの塔頭がある。桂春院の庭は、それぞれに
真如の庭、清浄の庭、思惟の庭、侘びの庭と名づけられている。

朝やけ

遠くまで広がる空
うすいすじ雲が控えている
暁のひかりが　徐々に
すじ雲を染めていく
グレーの雲の陰翳を
残しながら

オレンジや薔薇色の
色彩が　にじんでいる
大空のキャンバスに
描かれた　朝やけの絵画

雪の朝

目覚めたとき
カーテンを開いたら
空も道も家も
遠くまでかすんで
白一色の世界

太陽は隠れ
音が吸い込まれ
雪が静かにふり続く
わたしは　いつしか
物語の主人公になり
窓の外を　歩いている

ひと枝の蝋梅

寒さ厳しい一月に
友が手折ってくれた
ひと枝の蝋梅

部屋の暖かさのなかで
香りとともに
ほのかにひらく

すきとおった黄色
ふくよかな花びら

うっとりと
ただ　うっとりと
時を忘れて　見つめる

すみれ色の空

夕やけ空のなかに
オレンジとみず色の
あいだにみつけた
すみれ色

そこは
清らかなこころが
住む場所

こころのすみれが
咲いている場所

Ⅱ

思い出のかけら

海辺にて

目には見えないほどの
ちいさな水玉をはこぶ
海辺の風

ほほに
ひんやりと
ここちよい

ひとり
浜辺にすわって
目をとじると

太陽のひかり
潮のにおい
うちよせる　波音

遠い日の記憶が
よみがえる

海岸の通りにある
ただ一軒の氷屋さんで
父にかき氷を買ってもらって

重いコルクのうきわを
砂浜まで　はこんでいた
夏の日々

海辺は
わたしの思い出の
宝の箱

冬の測量山

朱色の袢纏を着て
雪道を歩く

カタクリ粉のような
キュ　キュという
雪を踏みしめる音

一人で
雪晴れの　穏やかな朝に
測量山に登る

ひたすら　一歩ずつ
前にすすむ

キュ　キュ
キュ　キュ

何度も山道を曲がって
頂上に着く

室蘭からの眺め
海ネコ　カモメが
赤茶けた岩肌に
群れをなす

遠くに見えるのは
駒ヶ岳

雪降るいちょう

雪国の単線は
二駅行っては　六分止まり
また六分止まり
のんびりとした旅です

山裾を縫うように進み
トンネルを抜けると
いちょうの木の枝には
ふんわりとつもる　雪が

秋には
あのいちょうの木から
金色の葉が
舞いおちていました

移りゆく季節に
こころを寄せているうちに

列車は白一色の
吹雪のなかへ
入っていきました

父のふるさとの言葉

いつか
父のふるさとの言葉だと
おしえてもらった

「おはようござんす」
「おはようござんす」

「晩なりまして」
「晩なりまして」

ふるさとを離れたいまは
もう使うこともないらしい

わたしは
時おり　思い出しては
口にしてみる

「おはようござんす」
「・・・・・」

「晩なりまして」
「・・・・・」

ゆきのふる
ちいさな町の
ぬくもりのある言葉

＊鳥取県智頭町。山林の町です。

十和田湖にて

十和田湖の水辺にある
真っ白な凝灰岩

谷で削られ　丸くなり
湖の波で磨かれて
いま　てのひらにある

十一月三日　快晴
十和田湖は　碧く
透きとおった　水中に
落ち葉や石が見える

何の音も聞こえない
静かな　静かな昼さがり

納涼床にて

夏の夕ぐれ
鴨川の涼しい風が
ほほをなでていく

夕空を見上げれば
半月が
もも色の花びらをまとい
浮かんでいる

やがて
提灯のあかりが灯り
京料理を囲んで
時を忘れて　語らいが続く

秋から冬へ

木枯らしにのって
けやきの葉が
あとから　あとから舞う

雪のように　木の葉が
斜めに舞う　しずかな午後

暖炉に囲まれた
あたたかな部屋から
窓ごしに見える景色

けやきの葉は
戸惑うことなく
身をまかせているけれど

わたしのこころは
まだ　木に
紅葉を残したまま
立ち去れないでいる

季節は
木の葉の雪から
白い雪へ

＊長野県小布施町からの眺望。

伝統工芸

輪島塗の湯呑み

机の上に　つややかな
小さな朱色の
湯呑みがある

厚さ〇・八ミリに挽かれた
ミズメザクラの天然木に
輪島地《わじまじ》の粉《こ》*1を使い
布《ぬの》着《き》せ本堅地《ほんかたじ》*2を施し

手作業で　生漆を重ね塗りした
輪島塗の　湯呑み

島国の日本は
ゆっくり　桜の木が成長するため
薄く挽くことができる

軽く　口あたりなめらかに
堅牢で優美にと
願いを込められた
朱色の湯呑み

わたしは　それに
少し冷ました
煎茶をそそぐ

＊１　輪島市内で産出される珪藻土を焼成粉末にしたもの。
＊２　木地に麻などの薄い布を貼って補強したもの。下地の工程。

クリスマス・イヴの
アフタヌーンティー

ひかえめに
おとした　あかりのもと
私たちは静かに席についている

やわらかな　暖炉の火
窓から見える　大きなもみの木

整えられたテーブルの上
陶磁器に　そそがれる
琥珀色の紅茶を　見つめる

そのとき　バッハの
「主よ人の望みの喜びよ」の
ピアノの生演奏が流れ

その音色は　一瞬で
部屋を包みこみ
音楽で満たされた
極上のひとときになる

ピアノの響きに
それぞれの想いを重ねて
なごやかな　語らいが続く

今宵は　クリスマス・イヴ

新雪

夕べつもった新雪が
樹々の枝さきに
白く咲いている

連なる山々に
朝のひかりがさして
雲のない青空が広がる

樹々のかたち　そのままに
杉木立　くぬぎ　もみじが
白く包まれて

車窓から流れていく　雪景色
わたしの心を　純白に
染めていく

＊京都大原から滋賀県の安曇川に向かう途中で目にした景色。

Ⅲ　音楽に寄せて

古楽の響き

色とりどりの
花や蝶が描かれて
装飾された調度品であった
チェンバロ

優雅な衣装に身を包み
蝋燭の灯りのもと
石造りの宮廷の一室で
奏でられた　響き

いまは楽譜のなかに
眠る音楽に　想いをはせ

五線譜に残された作品を
紐解いて
当時の音楽を奏でるとき

人の温もり
音を合わせる喜びは
きっと同じ

蘇る　ありありとした響き
演奏をとおして
いにしえの
作曲家と人々が出会う
かけがえのない
ひととき

音楽の小径
──シュメルツァーのヴァイオリン・ソナタ第四番

ゆったりと　野の花が咲く
小径を歩いている

シュメルツァーのソナタの
世界のなかにいると

私も
十七世紀の　ウィーンの
森の小径を
歩くことができる

音楽から見えてくる風景
小鳥の声
そして　物語

音楽は
時空を一気に超えて
シュメルツァーの世界に
いざなってくれる

＊ヨハン・ハインリヒ・シュメルツァー
Johann Heinrich Schmelzer（ca.1623–1680）

わたしは包まれる
――パッヘルベルの「カノン」

うれしいときも
　かなしいときも

さわやかな朝に
くつろぎの午後に
しずかな夕ぐれに
星が瞬く夜に

いつでも
四季折々の
どんなときに　聴いても

おだやかで　やさしく
わたしは　そのなかに
包まれる

パッヘルベルの「カノン」
わたしの　大切なしらべ

＊ヨハン・パッヘルベル　Johann Pachelbel（1653–1706）

プレディガー教会をたずねて

中世のおもかげを残す
ドイツ中部の街　エアフルト

路面電車に乗り
街の中心部から
少し歩く

ゲーラ川にかかる
ちいさな橋を渡り
曲がったところに
その教会は　あった

ヨハン・パッヘルベルが
十二年間　オルガニストを
つとめた　由緒ある教会

戦火をまぬがれ　修復され
当時のままの姿で
ひそやかに　佇んでいた

教会の内部は
高いドームの両側から
自然のひかりが
やわらかく差し込んでいる

わたしは　三三〇年の時を経て
教会じゅうに　壮大に響く
オルガンの音色に包まれる

テューリンゲンの森が広がり
川の流れの　おだやかな街
「カノンとジーグ」が生まれた
ふるさとを　たずね歩く

音のいずみ
――ヘンデルの音楽

ヘンデルの
このしあわせな音楽観は
どこから来るのだろう

ドイツを離れ
憧れのイタリアの地で学び
異国の地　ロンドンで
人生を開花させている

描かれているのは
さまざまな神話の世界

地上の穏やかな風景
そして
愛と慈しみ

疲れた心を
小鳥が羽を休ませるように
音楽に包まれていると
とおとい心が
よみがえってくる

三百年経ても
人々の心に
音のいずみのように
ゆたかに　語りかけてくる
ヘンデルの音楽の世界

こころを音楽のベールで
――カヴァレリア・ルスティカーナの間奏曲

遠くから
いつのまにか　やってきた
やさしい風のように
こころに　語りかける
マスカーニの間奏曲

旋律は
霧につつまれたように
始まって

やがて　高まって
物語がおわるころには
何もなかったかのように
静かに
通り過ぎていく

こころを　音楽のベールで
しっとりと
包み込んでくれる

＊ピエトロ・マスカーニ　Pietro Mascagni（1863−1945）
オペラの物語とは裏腹に、一服の清涼剤のようであると
いわれている。

ひかりにすきとおる
――モーツァルトの音楽

澄みきった　青空に
小鳥の声が　遠くまでひびく

かぜに
みどりの木々が　ゆれ
ひかりに
みどりの葉が　透きとおる

どこからか
聴こえてくる
モーツァルトのしらべ
美しく　ひびき
自然のなかに
そっと　なじむ

旋律のなかに漂う
哀しみさえも
ゆうぐれの
風にひびきあう

ひそやかな祈り
――ピアノに寄せて

ピアノを奏でる手
この両手から
何が出てくるのだろう

音と一緒に
紡ぎだされるもの
音のなかに宿っている

旋律のなかに　思いがあふれ
重なり合う響きに
ひそやかな祈りが　寄り添う

音楽は　こころの
真ん中から
指さきに

薔薇のつぼみが
ひらくように
ひろがってゆく

Ⅳ

旅

コッツウォルズ行きの車窓から

ロンドンのパディントン駅から
乗りかえて
コッツウォルズに向かう
車窓の風景

羊たちが
小高い丘で
のんびり　草を食んでいる

行けども　行けども
草原は続き
右の窓も　左の窓も
緑の丘と青空が続く

やがて
モート・イン・マーシュ駅に
到着する

旅のはじまり

フォス・ファームハウスにて

十八世紀のファームハウスを
ジョージアンスタイル[*1]の
B&B[*2]に改築した
フォス・ファームハウス

キャロンさんの
手作りの　おもてなし

今夜の夕食は
アップルスープに
シェパードパイ
デザートはアップル・クランブル

やさしいあかりに
手作りのあたたかな味
しずかな話し声

初めての異国の地で
やさしい色彩と　ひろがる緑に
迎えられ

フォス・ファームハウスで過ごす
くつろいだ　ひととき

庭の樹には
ちいさな　青いりんご[*3]が
たわわに　実っていた

＊1 玄関が中央、窓や煙突が左右対称の邸宅。
＊2 Bed & Breakfast　ベッドと朝食だけの民宿。
＊3 ブラムリー。クッキング・アップル。

カッスルクームにて

標識をたよりに
木々の間の道をすすみ
小川をよこぎる

手書きの地図を片手に
ゆっくり　歩く

プライベートロードを通り
山すその　小径を歩き
ちいさな丸木橋をわたる

坂道をのぼったり
くだったり

やがて
はちみつ色の
ライムストーンの古い家
教会の塔や　古い街並みが続く

家々の窓には
寄せ植えが　こぼれ咲き
遠くまで　緑の平原が続く

十五世紀の面影を残す
マーケット・クロス*や
広大な敷地の
マナーハウス

ちいさな村
カッスルクームを
一周する

＊マーケット・クロス
中世の時代には市場《マーケット》が開かれていた。
三本の道が交わる村の中心に位置している。

シアトルの森のほとりで

森と湖の美しい
シアトル
道も木も大きく　広い

滞在していた家からの
散歩道

森の中の坂道を
のぼったところに
童話に出てくるような家がある

芝生の前庭があり
出窓には

品のよい置物が飾られ
部屋のなかのテーブルも見える

買い物の行き帰り
坂道を通るたびに
その家に憧れていた

もうあれから
二十年も経ったけれど
あのかわいらしい家が
ふっと　わたしのこころに
よみがえる

思い出の夢の中で
ときおり
坂道を歩いている

南阿蘇のトロッコ列車

立野から　高森まで
南阿蘇の高原を走る
トロッコ列車

阿蘇外輪山の
田園風景が　延々とつづく

鉄橋を渡ると
時を遡ったような
原生林を縫いつつ進む

深い渓谷で
列車は一時停止
水しぶきが　白さを増し
音をたてる

山々をくぐり
トンネルをぬけると
のどかな風景に
ひんやりとした風
季節の　野の花も通りすぎる

もうすぐ　高森
南阿蘇の
雄大な根子岳が広がる

ふもとには　六月
うすむらさきの
はなしのぶが咲く

＊熊本地震後、高森─中松間で運転が再開されている。
全線復旧を望むばかりである。
＊はなしのぶは、上皇后さまより愛でられた花。

ハルリンドウ　そしてエヒメアヤメ

野焼き　そして
黄スミレが咲き終えた
春さきの　産山《うぶやま》村の丘

足もと　一面に咲く
あわい　ハルリンドウ

片隅の斜面には
エヒメアヤメも　わずかに
咲いている

やわらかな
若草色がまぶしい
なだらかな丘に
すわり

空にずいぶん近づいて
春の息吹に
包まれる

産山村の丘の上で

産山村の丘の上
私は　三六〇度見渡せる
地球のまるみの上にいる

足元にはりんどうが咲き
眼下には扇棚田が広がっている

南に　中岳から噴煙を上げる
阿蘇五岳の涅槃像が望める

祖母山や傾山
遠くには
宮崎の大崩山《おおくえやま》も見える

振り返れば
ドウダンツツジが
紅く色づき始めた
くじゅう連山

ほほに　心地よい風が吹き
澄みきった青空に
筋雲が広がっている

奇跡のように　穏やかな
秋の昼下がり
忘れない

＊扇棚田のふもとには、山吹水源がある。いまもゆたかに水が湧き出ている。

産山牧場の夕日

産山牧場の向こう
根子岳　高岳の
淡いシルエットを背景にして
一本の木
少し離れて　一頭の赤牛
絵画のなかの風景

いま夕日が　杉木立のなかへ
沈んでゆく

雲は　ばら色　グレー
うす紫に彩られて
夕日が沈んでもなお
夕日の上の雲は
やわらかな色合いに染まり
ゆっくりと　時間をかけて
暮れてゆく

万葉の花

――ささゆりを訪ねて

水無月のころ
古事記によると

大和の国
三輪山のふもと
狭井川のほとりには
ささゆり（佐韋）がたくさん
咲き匂っていた

ささゆりの
花を愛でる　五十鈴姫を

神武天皇が
見初めたという

千三百年のときを経て
日本最古といわれる
大神神社《おおみわ》
狭井《さい》神社を歩くと

いまも道のほとりに
見え隠れする
うすもも色のささゆり
小高い丘からは
天の香具山が望める

そばで寄り添う
うぐいすの声とともに

はるか古《いにしえ》の神話に
想いを馳せながら
ささゆりと歩く
万葉の道

＊五十鈴姫（「三輪明神縁起絵巻・神武天皇と五十鈴姫」）
媛蹈鞴五十鈴姫命（ひめたたらいすずひめのみこと）（大神神社）

明日香にて

五月の風に吹かれながら
明日香の里を歩く

緑の小道から
いくつも坂道を曲がり
登ったところに
こんもりと若草で覆われた
高松塚古墳がある

誰かが　遠くで
縦笛を吹いている

千三百年間
極彩色の女子群像が
土中に眠っていた

壁画は
明日香の自然と
人々に守られ
悠久の時の果てに在る
太古の夢のあと

明日香の春
れんげ草が　ゆれ
星空は　今宵も瞬く

高橋暁子詩集『野の花のしずく』に寄せる

詩はこころのすみれが咲く場所

詩人　野呂　昶《さかん》

野の花は、厳しい自然の風雪の中でしっかりと大地に根をはり、自身のみの力で生き、美しい花を咲かせています。このたびの詩集『野の花のしずく』の〝しずく〟とは、詩人が野辺で出会った草花からの感動そのものでしょう。詩人の感動のしずくのひとつぶ・ひとつぶが詩となって結実した詩集といっていいかと思います。

また、詩人にとって、野の花とは日々の生活の中で、美と真実を求めて生きる求道の象徴でもあるでしょう。どの作品にも自然の中でたくましく真摯に生きる求道の精神が薫っています。

朝やけ

遠くまで広がる空
うすいすじ雲が控えている
暁のひかりが　徐々に
すじ雲を染めていく
グレーの雲の陰翳を

残しながら
オレンジや薔薇色の
色彩が　にじんでいる

大空のキャンバスに
描かれた　朝やけの絵画

「暁のひかりが　徐々に／すじ雲を染めていく」朝やけの風景をなんと的確に表現した詩句でしょう。日の光が一刻一刻微細に変化し、すじ雲を染めていくのです。オレンジやばら色、グレーの陰影をのこしながら、その色も刻々とうつり変わり、しだいに朝の光になっていきます。そのようすは、「大空のキャンバスに／描かれた　朝やけの絵画」であると同時に、私たち人間の人生も暗喩しています。

すみれ色の空

夕やけ空のなかに

オレンジとみず色の
あいだにみつけた
すみれ色

そこは
清らかなこころが
住む場所

こころのすみれが
咲いている場所

多くの人々との出会いの日常の中で、ときどき、すみれ色の空のような清らかであたたかな心の人と出会うことがあります。その人とただ一緒にいるだけで、私の心もまた清らかであたたかくなっていく。この作品は、夕やけ空の中に見つけたすみれ色ですが、「そこは／清らかなこころが／住む場所」「こころのすみれが／咲いている場所」でもあり、人間関係のすみれが咲いている場所でもあるのです。

こころを音楽のベールで

遠くから
いつのまにか　やってきた
やさしい風のように
こころに　語りかける
マスカーニの間奏曲

旋律は
霧につつまれたように
始まって

やがて　高まって
物語がおわるころには
何もなかったかのように

静かに
通り過ぎていく

こころを　音楽のベールで
しっとりと
包み込んでくれる

カヴァレリア・ルステカーナの間奏曲を聞いた感慨を詩句で表現した作品ですが、私はこの詩を読みながら、音楽を聞いている感に打たれました。言葉が音楽になっているのです。私もこの音楽が好きで、いく度も聞いていますが、この音楽の核心のようなものが詩の中から聞こえてきて驚きました。言葉の音楽といっていい作品です。

モーツァルトの音楽について書かれた「ひかりにすきとおる」の詩句も、言葉の音楽になっていて、心打たれました。詩の核心には音楽があるのです。

詩人高橋暁子さんは、前詩集『ことばのそよ風』の中で、「詩はわたしのこころの野原に咲く」と言っておられましたが、この詩集もまた詩人のこころの野原に咲いた詩集といえるでしょう。その心の野原には、四季おりおりに美しい花が咲き、風が歌をうたっています。

この詩集が多くの詩を愛する人々に読まれ、感動を共有されますことを祈っています。

あとがき　――こころの原風景をたずねて

詩は私にとって、長年憧れでした。うれしいとき、悲しいときも、そっと語りかけてくれる存在です。

憧れだった詩を学び始めて、七年になります。

このたびの第二詩集『野の花のしずく』では、いつも勇気づけてくれる野の花たちについて、忘れ得ない思い出の数々、そして私と人生を共に歩んでくれている音楽に寄せて、また、今もあざやかにこころに浮かぶ旅先での風景への想いを綴っています。

「芸術は、その人の愛の達する深さと同じところまでしかいかない」という言葉は、学生時代に出会ったアンドリュー・ワイエスの言葉です。

人との出会い、自然との出会い、言葉との出会い。日々のこうしたかけがえのない出会いを大切にしながら、感動した瞬間を言葉で表現していきたいと思っています。

「ポエムの森」では、同人の皆さんの例会での詩に学びながら、自分の詩の余分な言葉を削る作業を繰り返し、言葉にして伝えることの難しさに直面してきました。主宰されている詩人・文学者である野呂昶先生には、古典文学のエッセンスを現代語で伝えていただいたり、「言葉はたとえどんな短い言葉も人の声にのせられる時、感動の表現となり、いのちを持つ」など、たくさんのヒントを頂戴いたしました。

この詩集の出版の際にも、大変お世話になりました。楽しみながら詩を書き続けてこられたのは野呂先生の支えのおかげです。

深く感謝しております。

最後になりましたが、写真家の江崎幹秀さまに、阿蘇の自然の写真で、詩集を彩っていただきました。野の花のささやきが聞こえてきそうなお写真です。こころよりお礼申し上げます。

また、竹林館の左子真由美さまには、美しい本作りをめざして、私の希望に沿うよう、ご提案いただきました。感謝いたします。

二〇二三年　六月

ささゆりの美しい季節に

高橋暁子

高橋 暁子　（たかはし あきこ）

兵庫県赤穂市生まれ。国立音楽大学幼児教育専攻卒業。岡本賞受賞。
公立幼稚園教諭を経て、大阪府在住。
大阪音楽大学大学院音楽学研究室修了。

所属　「まほろば―21世紀創作歌曲の会―」会員
　　　「ポエムの森」同人
著書　詩集『ことばのそよ風』(2019)

高橋暁子詩集
野の花のしずく

2023年6月15日　第1刷発行

著　　者　高橋暁子
発 行 人　左子真由美
発 行 所　㈱ 竹林館
〒530-0044
大阪市北区東天満2-9-4 千代田ビル東館7階FG
Tel　06-4801-6111　Fax　06-4801-6112
郵便振替　00980-9-44593
URL http://www.chikurinkan.co.jp

印刷・製本　モリモト印刷株式会社
〒162-0813
東京都新宿区東五軒町3-19

ISBN978-4-86000-494-1　C0092

定価はカバーに表示しています。
落丁・乱丁はお取り替えいたします。